CATALOGUE

DES

TAPISSERIES

GOTHIQUES ET DES GOBELINS

ET DES

SCULPTURES EN GRANIT, EN SERPENTIN ET EN MARBRE

DONT LA VENTE AURA LIEU

GALERIE GEORGES PETIT

8, rue de Sèze, 8

Le Mercredi 25 Mai 1892

à cinq heures

Me PAUL CHEVALLIER   M. CH. MANNHEIM

COMMISSAIRE-PRISEUR   EXPERT

10, rue de la Grange-Batelière, 10   7, rue Saint-Georges, 7

EXPOSITION

Du Samedi 21 Mai au Mardi 24 Mai 1892

CONDITIONS DE LA VENTE

Elle sera faite au comptant.

Les acquéreurs payeront *cinq pour cent* en sus des enchères.

L'exposition mettant le public à même de se rendre compte de l'état des objets, il ne sera admis aucune réclamation une fois l'adjudication prononcée.

Paris. — Imprimerie de l'Art. E. Ménard et Cie, 41, rue de la Victoire.

DÉSIGNATION DES OBJETS

1 — GRANDE TAPISSERIE rectangulaire des Flandres de la fin du
XV° siècle : elle représente un juge *(judex)* rendant la justice
à une veuve *(vidua)* agenouillée devant lui, son enfant auprès
d'elle ; cette scène se passe dans un palais en présence d'une
foule nombreuse commentant la sentence ; par de larges baies,
on aperçoit la campagne : les personnages portent le costume
de la fin du règne de Charles VIII ou du commencement du
règne de Louis XII. Bordure sur trois côtés de bucranes, rinceaux, fruits sur fond rouge avec versets de la Bible à la
partie supérieure expliquant le sujet.

Haut. 3 m. 60 cent.; Larg. 5 m. 15 cent.

2 — GRANDE TAPISSERIE rectangulaire des Flandres de la fin du
XV° siècle : elle offre deux sujets allégoriques juxtaposés :
à droite dans une salle de château un prince est gardé par la
Pitié, *Misericordia*, et la Vérité *Veritas*, tandis que le dais
de son trône est soutenu par la Clémence *Clementia* ; à gauche
c'est la Justice *Justitia* et la Sagesse *Sapientia* que con-

— 4 —

sulte un souverain, également dans un somptueux palais :
à l'arrière-plan, on aperçoit la campagne. Bordure sur trois
côtés de bucranes, rinceaux, fruits sur fond rouge, et à la
partie supérieure deux versets de la Bible expliquant les deux
scènes.

Haut., 3 m. 60 cent ; larg., 6 m. 60 cent.

3-5 — SUITE DE TROIS TAPISSERIES des Flandres de la fin du
XVᵉ siècle : elles représentent chacune plusieurs scènes ayant
trait au Christ et composées de nombreux personnages en
costumes du temps avec inscriptions donnant le nom de chacun
d'eux ; la première : Discussion entre les docteurs et allégorie de la mort ; la deuxième : Pilate se lavant les mains,
le Portement de croix, la Crucifixion, la Descente de croix,
le Christ ressuscité, et à la partie supérieure, le Christ aux
limbes, le Christ et Zacharie ; la troisième : le Sang de la
plaie du Christ recueilli dans des calices, le Jugement dernier,
les Prophètes et une allégorie de l'Église. Bordure de fleurs
sur fond noir, avec écusson armorié : l'une d'elles bordée
seulement de deux côtés.

Haut., 4 mètres ; larg., 2 m. 40 cent.
Haut., 4 mètres ; larg., 4 m. 75 cent.
Haut., 4 m. 40 cent. ; larg., 4 m. 40 cent.

6 — GRANDE TAPISSERIE rectangulaire en largeur des Gobelins,
d'après Van der Meulen, représentant le pillage du Palatinat
par les troupes de Louis XIV : au premier plan, un soldat
fouille les poches d'un homme étendu à terre ; à droite, un
autre frappe une femme à coups de bâton ; à gauche, des cava-
liers emmènent du bétail ; au fond, un village incendié et
pillé. Bordure de feuilles d'acanthe avec rosace aux angles.
Époque Louis XIV.

Haut., 3 m. 45 cent. ; larg., 4 m. 65 cent.

7 — GRANDE TAPISSERIE rectangulaire en largeur de la même
suite que la précédente : elle représente un combat de cava-
lerie ; à gauche, dans le fond, une forte mêlée ainsi que sur
la droite. Même bordure que la précédente.

> Haut., 3 m. 55 cent ; larg., 4 m 35 cent.

8 — GRANDE TAPISSERIE rectangulaire des Gobelins du temps de
Louis XIV : au centre, l'écu de France supporté par deux
anges sous un pavillon d'hermine ; fond azur semé de fleurs
de lis ; large bordure présentant le chiffre du roi, les attributs
de la Justice, des amours et des feuillages ; la partie infé-
rieure offre une cassette chargée de chiffres du roi et de
fleurs de lis ; aux angles, des écussons armoriés. Une partie
de la bordure a été refaite.

> Haut., 4 m. 50 cent ; larg., 3 m. 74 cent.

9 — DEUX GRANDS SPHINX couchés, en granit rose, portant la
coiffure égyptienne, le corps en partie couvert d'une draperie.

> Haut., 90 cent ; long., 1 m. 55 cent ; larg., 55 cent.

10 — DEUX GRANDS VASES couverts sur piédouche et à anses vo-
lutes en granit rose : le couvercle et le culot sont godronnés ;
la panse et le piédouche creusés de cannelures obliques et
droites sont ornés, la panse, de deux mascarons avec guirlandes, le piédouche, d'un tore décoré de feuillages et entrelacs, en bronze ; graine du couvercle en bronze également.

> Haut., 1 m. 15 cent ; larg., 63 cent.

11 — Deux vases couverts sur piédouche en serpentin; ils sont
évidés intérieurement et ornés de godrons en spirale; anses
torsades prises dans la masse.

Haut.. 58 cent.; larg., 44 cent.

12 — Deux vases Louis XIV à panse ovoïde et sur piédouche en
marbre blanc; le culot est orné de feuillages et le tore de la
base d'entrelacs; la panse, décorée en bas-relief d'une fleur de
lis timbrée d'une couronne de comte, offre en outre deux
guirlandes de fruits en bronze noir.

Haut., 85 cent.; larg., 52 cent.